KB123061

천 명의 삶을 가진 김명수 시집

마음창고를 짓고 싶다

와일즈북
와일즈북은 한국평생교육원의 출판 브랜드입니다.

천 명의 삶을 가진 김명수 시집
마음창고를 짓고 싶다

초판 1쇄 인쇄 · 2023년 5월 20일
초판 1쇄 발행 · 2023년 5월 25일

지은이 · 김명수
발행인 · 유광선
발행처 · 한국평생교육원
편　집 · 장운갑
디자인 · 박형빈

주　소　(대전) 대전광역시 유성구 도안대로589번길 13 2층
　　　　　(서울) 서울시 서초구 반포대로 14길 30(센츄리 1차오피스텔 1107호)
전　화　(대전) 042-533-9333 / (서울) 02-597-2228
팩　스　(대전) 0505-403-3331 / (서울) 02-597-2229

등록번호 · 제2018-000010호
이메일 · klec2228@gmail.com

ISBN 979-11-92412-47-4 03810

천 명의 삶을 가진 김명수 시집

마음창고를 짓고 싶다

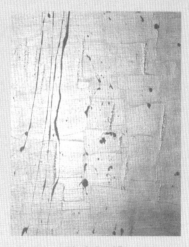

김 명 수 지음

와일즈북
WILDS

:: 프롤로그

2020년 우연히 시(詩)라는 친구를 접한 이후 겁 없이 시(詩)를 써왔다. 덕담 삼아 던진 베테랑 시인의 칭찬 한마디에 우쭐해진 나는 자칭 시인이라는 착각에 빠져 본격적으로 시 작업에 매달렸다.

끓어오르는 열정을 주체할 수 없어 시를 쓰면서도 시가 고팠다. 생각의 물레방아는 걷잡을 수 없이 돌아가고 왕초보 주제에 엉뚱한 욕심까지 발동하여 색다른 시가 쓰고 싶어졌다. 문단을 지배하는 기존의 시와는 다른 색깔의 옷을 입히고 싶었다.

형식도, 장르도 전혀 새로운 시가 그렇게 탄생했다. 집 밖으로 뛰쳐나가 길거리를 걸어 다니면서 발길 닿는 대로 시를 썼다. 각계각층의 다양한 사람들과 대화를 나누면서 시를 쓰고, 대중교통을 타고 이동하면서 눈길 머무는 대로 시를 썼다.

수필 같은 시를 잉태하고, 시가 아닌 시가 밀물처럼 넘쳐흘렀다. 언제 어디서나 마음 가는 대로 즉흥적이고 한 점 망설임 없이 시를 썼다. 판타지가 시라는 날개를 달고 등장하는 등 파계승 같은 시가 장소와 시간을 불문하고 쏟아져 나왔다.

나의 시는 시라는 고정의 틀에 박힌 옷을 과감하게 벗어 던지고 살아서 팔딱거리는 '날생선'처럼 '날시'의 정체를 고스란히 드러낸다. 생각이 미치는 순간 망설임 없이 시를 쓰고 시상이 떠오르면 곧바로 시가 탄생했다.

고요함과 적막감이 흐르는 집필실에서 머리를 쥐어짜며 쓰는 '기성 시'가 아니다. 만반의 준비를 갖추고 모든 것이 세팅된 컴퓨터 앞에서 고뇌와 진통 끝에 탄생하는 고상한 시(詩)는 더더욱 아니다.

지구를 습격한 코로나로 힘든 시기를 보내는 사람들에게 이 시(詩)가 조금이나마 위로와 힘이 되었으면 좋겠다.

차례

차례

차례

1장

마음의 눈

들리지 않아도 듣는 귀가 있다
낮말은 새가 듣고 밤말은 쥐가 듣는다

보이지 않아도 보는 눈이 있다
마음의 눈이다

마음에도 눈이 있다
슬픈 마음으로 보면 행복한 세상도 슬퍼 보인다
기쁜 마음으로 보면 슬픈 세상도 행복해 보인다

마음의 눈에는 자신을 비추는 양심의 거울이 있다
입으로는 거짓말을 해도 양심은 거짓말을 못 한다
설령 양심을 속이려 들면 하늘이 알고 땅이 안다

들리지 않는 귀가 더 무섭다

마음의 눈이 더 무섭다

이것 참 난감하네

출근길 지하철을 타고 가다 갑자기 설사가 났다
바짓가랑이로 줄줄 흘러내린다
이것 참 난감하네

모임에서 신나게 춤을 추다가 바지가 터졌다
속 팬티가 드러났다
이것 참 난감하네

운전 중 갑자기 장애물이 나타나 급브레이크를
밟았다
운전대에 부딪혀 안경알이 빠졌다
앞이 안 보인다
이것 참 난감하네

회식 자리에서 맛있게 갈비를 뜯다가 이가
부러졌다
이것 참 난감하네

한밤중 현금지급기에서 50만 원을 뽑았다
뒤에서 누군가가 돈을 들고 사라졌다
이것 참 난감하네

새벽 조깅을 하다가 발을 헛디뎌 발목골절을
입었다
이것 참 난감하네

살면서 이런 경험 해본 적 없나요?

지하철에서 벌어진 촌극

연로한 할머니가 짐보따리를 질질 끌고 지하철을
탄다
허리가 90도로 구부러졌다
행색은 초라해도 거침없고 당당하다

짐보따리를 보물처럼 끼고 있다
굵은 청테이프로 가로세로 봉하고 또 봉해서
바람 하나 들어갈 틈이 없다
할머니에겐 그만큼 소중한 물건이다

맞은편 좌석에 앉은 중년 남성이 벌떡 일어나더니
자리를 양보하며 할머니 손에 만 원 한 장 쥐어준다
그런데 난리가 났다

그깟 돈 만 원 한 장 준답시고
벌건 대낮에 성추행했다며
할머니가 불같이 화를 낸다

남성은 무안해서 어쩔 줄 모르고
말을 더듬으며 해명하느라 진땀을 뺀다

할머니는 당장 경찰이라도 부를 태세다
그 모습을 지켜보는 승객들의 마음도 조마조마하다

서로 생각이 달라서 벌어진 헤프닝이다

나는 떠돌이 시인

나는 현장에서 시를 쓴다
자칭 떠돌이 시인이다
서재도 집필실도 없다

발길 닿는 대로 시를 쓰고
눈길 머무는 대로 시를 쓴다
걸어 다니면서 시를 쓰고
대화를 나누면서 시를 쓴다

책상머리에서 쓰는 시가 아니다
머리 굴려 쓰는 시는 더더욱 아니다
머리를 쥐어짜는 고민도 필요없다

때와 장소를 가리지 않고 시를 쓴다
생각이 미치는 순간
망설임 없이 시로 담아낸다

즉석에서 쓰는 즉흥시다
시상이 떠오르면 곧바로 시가 탄생한다

운명이 바뀐 화가의 인생 이야기

수백 명을 앗아간 삼풍백화점 붕괴사건
아비규환 속에서도 살아남은 사람이 있다
5층 식당가 관리총책을 맡았던 60대 사장
기적의 생존자 중 한 명이다

건물이 무너지는 순간 동작 빠른 직원들이 튀어
나갔다
무너지는 식당 안에 갇힌 최후의 한 명
가장 나이 많고 동작이 둔한 60대 사장이었다

그런데 기적이 일어났다
비상계단을 택하지 않고 먼저 식당을 빠져나간
직원들은 모두 죽었다
천장에서 무너져 내리는 건물 잔해에 깔려버렸다

5층 식당에서 살아남은 사람은 오직 한 명
맨 마지막으로 식당을 탈출한 60대 사장이었다.

기둥 옆에 바짝 붙어 테이블 밑으로 몸을 숨겼다
암흑으로 변한 비상계단으로 뛰어 내려갔다
그러나 결국 건물더미에 깔리고 말았다

필사적인 몸부림 끝에 밖으로 빠져나올 수 있었다
생사를 오가는 위기 속에서도 침착하고 신중했다.

비상계단과 기둥 사이의 틈새가 질식과 압사를
막아줬다
죽음의 수렁에서 빠져나온 그는 과거와 전혀 다
른 삶을 살고 있다.

어릴 때 꿈이었던 화가로 다시 태어났다.

계절 감각을 잃은 봄

봄이 계절 감각을 잃어버렸다
4월의 봄은 변덕이 아주 심했다
초여름같이 더웠다
초가을같이 서늘했다

티 없이 맑은 날씨였다
갑자기 비가 펑펑 내렸다
종잡을 수 없었다

변덕스러운 4월의 봄이 가고
5월이 밝았다
첫날부터 비를 뿌린다

봄이 식은땀을 흘린다
콧물이 나고 재채기를 한다
봄이 기진맥진한다
코로나에 시달려 녹초가 되었다

몸살감기가 심하게 왔다
춥고 떨리고 <u>으스스</u>하다

따뜻한 봄이 그립다

지하철 풍경

지하철이 멈추고 문이 열린다
승객들이 우르르 나가고 들어온다
지하철 문이 닫히고
지하철이 다시 달린다

승객들이 모두 고개를 숙이고 있다
휴대폰을 들여다본다
손으로는 휴대폰을 떠받들고
머리를 조아려 휴대폰에 눈을 맞추고 있다
휴대폰에 예우를 갖춰 정중히 목례를 하는 모습
으로 보인다

아하~ 지하철의 주인은 사람이 아니었구나!
지하철의 주인은 휴대폰이다

애나 어른이나
남자나 여자나

손에 휴대폰이 고이 모셔져 있다

자리에 앉으나
객실에 서 있거나
모두들 휴대폰에 눈을 맞추고 있다

선을 넘은 사람도 있다
지하철을 탈 때나 내릴 때까지
휴대폰을 들여다본다

지하철의 주인은 사람이 아니라 휴대폰이다
남녀노소 모두 휴대폰을 모시고 산다

하루를 둘로 나누면

하루 24시간을 둘로 나누면?
12시간이 아니다
낮과 밤이다

하루 24시간은 낮과 밤이 교대로 지킨다
낮은 이글거리는 태양을 끌어안고 하루의 반쪽을
지킨다
밤은 어둠의 장막을 뒤집어쓰고 나머지 반쪽을
지킨다

하루의 낮과 밤을 합치면 24시간이다
낮과 밤의 길이가 아무리 변해도 하루 24시간은
변함이 없다
낮이 길어지면 그만큼 밤이 짧아지고
밤이 길어지면 정확하게 낮이 채워준다

밤이 24시간 사라지면 낮이 하루종일 말뚝근무

를 한다

낮이 24시간 사라지면 밤이 고스란히 독박을 쓴다

밤이 영원히 사라지면 낮이 영원히 하루 또 하루를 지킨다

낮과 밤은 한 치의 오차도 없이 톱니처럼 그렇게 맞물려 돌아간다

세상이 아무리 변하고 천지가 개벽을 해도 하루는 낮과 밤이 지킨다.

서울 공릉 가로공원

서울 도심의 수림(樹林)지대
태릉입구역 7번 출구에 가면
공릉가로공원이 있다

울창한 나무숲이 있고
실개천이 흐르고
게르 모양 건물이 있고

청춘 카페가 있다
어르신들의 단골 카페다
나이는 인생 2막
마음은 이팔청춘

청춘 카페에서 은발 머리 휘날리며
1,500원짜리 청춘 커피를 마신다

라떼는 말이야
구수한 옛이야기도 함께 마신다

도봉산 찬가

일상에 지친 사람들이여 다 내게로 오라
천만 서울을 품은 도봉산이 부른다
푸른 봄옷으로 갈아입고 꽃단장한 네 모습이
눈부시다

나비가 춤을 추니 절로 흥이 나고
산새 지저귀니 산의 찬가로 들린다

가도 가도 또 가고 싶은 산
도봉산은 내게 그런 산이다

변덕이 죽 끓는 인간들이 몰려와도
한결같은 마음으로 반갑게 맞아준다

몸과 마음에 힐링을 주고
건강까지 선물로 안겨준다

우이천 스케치

우이천의 일요일은 소확행의 천국이다

청명하고 따사로운 봄날 오후
우이천이 사람들로 넘쳐난다
운동하는 사람들
삼삼오오 대화를 나누는 사람들
강아지와 산책하는 사람들
자전거 탄 사람들
나 홀로 우이천을 바라보며 멍때리는 사람도 있다

맑은 물이 흐르고
낭만 넘치는 돌다리가 있고
물고기, 새, 꽃, 나비가 있다

오늘같이 맑은 날엔 북한산도 선명하게 눈에 들어온다
집에서 도보 5분 거리에 있으니 더욱 좋다

가슴이 답답할 때면 우이천에 가는 것만으로도
힐링이 된다

우이천의 오리 가족

티끌 한 점 없이 청명한 봄날 오후
우이천에 오리 가족이 소풍을 왔다
물 위를 떼지어 다니며 수상 쇼를 벌인다

어미 한 마리와 새끼 열두 마리
대가족이지만 질서정연하다

어미가 물 위를 미끄러지듯 이동하면
새끼들이 졸졸졸 따라다니며 재롱을 부린다

시민들은 눈이 즐겁고
오리들은 관객이 있어 더욱 신이 난다

우정의 삼총사

시골 촌뜨기의 첫 서울 가는 날
부모님이 들려주신 말씀
눈 감으면 코 베어 가는 서울이다
정신 바짝 차리거라

50년 세월이 지났건만
아직도 뇌리에 생생하게 박혀있다

몸뚱아리 하나로 상경해서
눈 감으면 코 베어 간다는 살벌한 서울에서
전쟁 같은 삶을 살아왔다

어느덧 은퇴 세대로 인생 2막을 살고 있지만
아직도 나에게는 우정의 삼총사가 있다
사회에서 만나 20년째 변함없는 우정을 이어오고
있다
각박한 세상에 이보다 더 큰 재산이 어디 있으랴!

다 그런 건 아니더라

돈이면 다 된다고?
안 되는 일 없다고?
다 그런 건 아니더라
억만금으로 유혹해도
안 넘어가는 사람이 있더라

사람들은 믿는다
돈으로 없는 죄를 만들고
돈으로 있는 죄도 지운다고
하지만 다 그런 건 아니더라

뇌물 공세를 퍼부어도
안 통하는 사람이 있더라

사람들은 말한다
출세가 곧 성공이라고
억울하면 출세하라고

하지만 다 그런 건 아니더라

평양감사를 준다 해도
마다하는 사람이 있더라
사실은 양심대로 살아가는 사람들이 더 많더라

이런 사랑을 하고 싶다

학력이 무슨 대수냐
지혜로운 사람을 만나고 싶다
부귀영화는 관심 없다

조금은 부족하고 조금은 궁핍해도
서로 아껴주고 서로 챙겨주는
그런 사람을 만나고 싶다
그런 사랑을 하고 싶다

꿈이 현실이 되었다
그런 사람을 만났다
그런 사랑을 하고 있다

도봉산의 봄

도봉산이 봄으로 가득 찼다
연두색 옷으로 갈아입은 나무들은
터질 듯이 몸이 부풀어 올랐다
어디를 보나 녹음이 '만선'이다

봄은 생명의 싹을 틔우는 계절
바위는 이끼로 목을 축이고
실금처럼 갈라진 틈으로 한 송이 꽃을 피워올렸다

사람들이 꾸역꾸역 도봉산의 봄으로 몰려온다

'구루미' 전시회

파란 하늘에 펼쳐지는 '흰 구름 쇼'
하늘에서 '구루미 전시회'가 열렸다
우주공간의 신비로움을 담았다

자연이 하늘 캔버스에 흰 구름으로 그렸고
신(神)의 영역 하늘이 전시회를 주최했다
그림이 변화무쌍하게 살아 움직인다

스케일이 너무 커서 하늘을 갤러리로 했다
무한(無限)한 우주공간에 떠다니며
그림의 형상이 수시로 바뀐다

한 점 한 점 개성이 두드러지면서
묘하게 전체가 조화를 이룬다

어찌 보면 동물 같기도 하고
숨차게 달려가는 어린아이 같기도 하다

화실에서 자라는 소나무

소나무 화가의 손에는 항상 솔씨가 있다
솔씨를 뿌리고 가꾼다
한국을 대표하는 소나무 화가
한국의 소나무를 사랑한다

그의 화실에는 항상 소나무가 자라고 있다
그의 손끝에서 탄생한 소나무다

가로 5m
세로 1m 60
거대한 화폭을 소나무 한 그루가 채웠다

600살 대왕송이다
화실에 대왕송이 있다
화가의 손끝에서 날마다 자라고 있다

봄을 따라가 봤다

봄은 사람을 좋아하나 보다
꽃향기로 유혹하며 사람을 밖으로 불러낸다

봄을 따라가 봤다

연두색으로 물든 산이 꽃을 흔들며 반긴다
산새들 지저귀며 머리 위로 날아다니고
계곡 물소리 졸졸졸
눈 앞에 펼쳐지는 자연 그대로 한 폭의 수채화다

봄이 퍼주는 선물이 차고 넘친다
사람들이 꾸역꾸역 산으로 몰려든다
산을 찾는 사람들을 모두 사랑으로 품어준다
그 품이 바다처럼 넓고 깊다

사람 책

책에도 종류가 많다
종이책이 있고
전자책 e북이 있다
오디오북은 듣는 책이다

내가 좋아하는 책은 따로 있다
사람 책이다
나는 사람을 책으로 본다
어르신 한 명을 잃으면 도서관 한 개를 잃는 것
한 분야의 인생 고수는 살아있는 전문 도서관

세상에는 수많은 책이 있지만
책 중의 책은 사람이다
평생의 삶이 통째로 담긴
사람 책이 최고의 책이다

누워서 바라본 하늘 1

고개를 뒤로 꺾어 하늘을 올려다봤다
목덜미가 뻐근하다

도봉산을 깔고 누웠다
세상이 완전 다르다
정면을 응시해도 하늘이 보인다

땅에 기둥을 처박고 우뚝 서 있는 아름드리나무
하나
실핏줄처럼 가지를 치고 옆으로 뻗어나갔다
가지마다 새로 태어난 잎새가 바람을 붙잡고 춤
을 춘다

도봉산 자락 나무 그늘 아래 누워 바라보는 하늘
이 푸른 바다 같다
하늘에 풍덩 뛰어들고 싶다

누워서 바라본 하늘 2

하늘은 언제나 존경의 대상
올려다보기만 했다

오늘은 반란을 일으켰다
하늘 아래 벌렁 누웠다
두 눈 부릅뜨고 정면으로 하늘을 봤다

하늘이 나를 내려다본다
한마디 말 없이 눈싸움을 한다

나는 하늘을 정면으로 보고
하늘은 그런 나를 내려다보고
침묵의 시간이 길어진다
말이 없지만 생각이 많아진다

파란 하늘이 말을 걸어온다
흰 구름 동동 띄워 눈을 즐겁게 하고

햇살 한 줌 떼어내 얼굴 마사지를 해준다

하늘 아래 살아 숨 쉬고 있다는 행복감이 밀려
온다
누웠던 몸을 벌떡 일으켜 저 높은 하늘을 우러러
본다

겸손이란

겸손은 상대를 존중하고 자신을 낮춘다
공이 있어도 드러내지 않고
잘난 척하지도 않는다

겸손은 양날의 검이다
넘치면 비굴해지기 쉽고
부족하면 교만에 빠질 수 있다

그렇다면 최고의 겸손은 무엇일까
가슴을 후벼파는 모진 말을 들었을 때
상처받지 않는 것이다

겸손이 양심의 가책을 만날지라도 자신을 지키는
것이 겸손이다
겸손으로 포장된 자살은 겸손에 대한 최대의 모
독이다

반갑다 봄비야

둘레길을 걷다가 개울을 만났다
무늬만 개울이다
있어야 할 물이 보이지 않는다
바닥까지 훤하게 드러냈다

물이 차고 넘쳐야 할 개울이
물이 없으니 얼마나 목이 탈까?

하루가 지나고 하루 종일 비가 내렸다
생명의 봄비가 오려고 까치가 그렇게 울었나 보다
개울이 봄비를 만나 개울물이 되었다

꽃도 나무도 생명의 비를 맞으며 환하게 웃고 있다

금낭화

진분홍 복주머니 주렁주렁
가느다란 줄기에 걸려있다

화려하지만 야하지 않다
거만하지도 않다

당신을 따르겠습니다
꽃말처럼 사랑과 겸손이 묻어난다
가지런히 한 줄로 늘어서서
고개 숙여 땅만 바라본다

얼마나 간절했으면 꽃대도 하트가 되었을까

꽃비 내리는 길

화려했던 날은 가고 꽃비가 되어 내리네
바람 불어 좋은 날 꽃잎 떨궈 춤을 췄지

그대는 지금 꽃길을 걷고 있네
꽃비를 맞으며 꽃길을 걷고 있네
꽃잎 휘날리는 거리에 그대 발자국 남기며
그대는 지금 꽃길을 걷고 있네

꽃잎 휘날리는 거리에 그대 발자국 남기며

마음 창고를 짓고 싶다

몸도 마음도 나른한 어느 봄날의 오후
엉뚱한 생각에 사로잡혀 한동안 빠져나오지 못했다
마음 둘 곳이 없다

마음 창고를 짓고 싶다
생각으로 꽉꽉 채우고 싶다

창고의 크기를 얼마로 할까
머리를 굴려도 답이 안 나온다
마음의 크기를 도통 알 수가 없다

마음을 활짝 열면 우주보다 더 커진다
마음을 닫으면 바늘구멍보다 더 작아진다
고민할수록 고민이 더욱 커져만 간다

시간만 덧없이 흘러간다
마음이 싱숭생숭하다

생각의 수면제 복용이 과했나보다

정신이 몽롱하다
머리가 멍하다
온몸이 나른하다
잠이 쏟아진다

얼마나 시간이 흘렀을까
우당탕탕
천둥소리에 정신이 번쩍 들었다
밖에 비가 내린다

친구야

외로움을 유난히 많이 타는 나에게도 찐 친구가
있지
친구는 내세울 것도, 가진 것도 없는 나를 밀어내
지 않았어
속 좁은 내가 소식 끊어도 인내하고 기다려줬어
다른 친구들이 모두 내 곁을 떠나도 너는 끝까지
내 옆에 남았지

내가 말 한마디 안 해도 나를 이해하고 내 기분을
맞춰준 친구
친구야!

고맙고 사랑한다!

봄의 찬가

365일을 싣고 달리는 세월에서 한 계절이 내렸다
메마른 고목 나무에도 꽃을 피우고 생명을 살리
는 봄이다
봄은 죽어가는 자연의 SOS를 받고 우리 곁으로
오자마자 부지런히 움직였다

봄이 비를 불러 하루종일 일을 시켰다
비는 미세먼지로 찌든 대기를 깨끗하게 청소했다
청소를 끝낸 비는 메마른 산천초목에 생명수를
듬뿍 주었다

흰 구름도 신이 나서 바람 몰고 다니며 그림을 그
려 하늘 전시회를 열었다
벚꽃은 눈부시게 화려했던 축제를 마치고 땅에
내려와 핑크빛 꽃길을 만들었다

도봉산 자락도 봄기운으로 가득 찼다

연두색 새 옷으로 갈아입은 나무는 햇살의 기운
을 받으며 날마다 푸르름을 더해가고 있다

연분홍 진달래도, 샛노란 개나리도 꽃향기를 날
리며 활짝 웃고 있다
혼자 있어도 혼자가 아니다
혼자 있어도 외롭지 않다

어디를 가도, 어디에 있어도
만물이 소생하고 기운이 샘솟는 봄이 함께 있으
니까

불변의 역설

모든 것은 변한다
영원히 변하지 않는 것은 없다
세월도 변하고 산천도 변한다

진리도 시대 상황과 조건이 달라지면 변한다
이 세상에 절대로 변하지 않는 것은 단 한 개도
없다
그렇다면 변하지 않는 것이 딱 하나 있다

이 세상에 존재하는 모든 것은 변한다는 사실이다
이는 우주가 폭발해도 절대로 변하지 않는 불변
의 진리다

불변이 없어야 불변이 있는 불변의 역설이다.

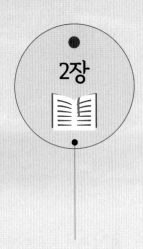

2장

만우절

서울시장 선거가 딱 일 주일 남았다
고작 1년 임기에 후보들의 구호가 요란하다
합니다 OOO

첫날부터 능숙하게
다 썩었다 싹 바꾸자
국가에 돈이 없는 것이 아니라 도둑놈이 많습니다

안 될 거 없잖아
강남해체 평등 서울

이기는 소수자
여자 혼자도 살기 좋은 서울

지키지 못할 공약을 암시하듯
유권자를 유혹하는 선거 벽보가 바람에 흔들린다

거창한 공약을 내건 후보들이 만우절에 환하게
웃고 있다

은퇴와 회갑

회갑이 주는 의미는 각별하다
회갑 나이는 61살
60갑자가 끝난 60살 다음 해가 환갑이다

60갑자는 한 살부터 60살까지다
60갑자가 넘어가면 원위치에서 다시 출발한다

60에 인생 1막을 은퇴하고 인생 2막으로 새 출발
한다
은퇴는 리타이어(retire)다
타이어를 다시 갈아 끼운다는 뜻이다

인생도 이와 다르지 않다
기계도 오래 쓰면 닳고 닳듯이
사람도 인생 1막이 끝나면 몸과 마음이 부실해진다

타이어도 새 타이어로 갈아 끼우듯이

사람도 늙고 병들면 고쳐야 한다
하지만 갈아 끼우는 것도 한계가 있다

사람이나 기계나 세월이 가면 기능이 떨어지고
언젠가는 수명을 다한다

있다 없다

있다
존재한다는 의미다

없다
존재하지 않는다는 뜻이다

없다를 있다로 풀어쓰면
없는 것이 있다

다 있다를 없다는 말로 풀어쓰면
없는 것이 없다

있다 없다가 헷갈릴 때
있다가도 없고
없다가도 있다

살면서 가장 많이 쓰는 말 있다 없다
이토록 쓰임새가 다양하다

누구냐?

꿈은 4차원 세계
잠자는 시간만 입국이 가능하다
잠은 4차원 꿈나라로 가는 여권이다

나에게도 여권이 있다
어머니의 목소리를 듣고 싶어서 만든 여권이다

밤이면 밤마다 꿈나라에서 지낸다

어머니가 세상 떠나신 지 올해로 10년
꿈에서라도 어머니의 목소리를 듣고 싶었다

오늘 밤에 나타나실까?
10년을 기다려도 어머니의 목소리는 들리지 않았다

사실은 꿈을 기억 못 한다
눈만 감으면 꿈을 꾸지만
눈을 뜨면 꿈을 전혀 기억 못 한다

기억력이 떨어지면서 생긴 변화다

그런 나에게 기적이 일어났다
꿈에서 어머니의 목소리가 들렸다

누구냐?
깜깜한 방에서 새어 나온 어머니의 한마디에 내
심장이 요동쳤다

나는 대답했다
나요

대답과 동시에 눈을 떴다
내가 어머니와 대화를 나누다니!

생생하게 꿈을 기억하는 것도
어머니의 목소리를 들은 것도
10년 만에 찾아온 기적이었다

간절하게 원하고 최선을 다해 노력하면 꿈은 반
드시 이루어진다는 믿음은 틀리지 않았다

봄의 향연

오는가 싶더니
벌써 절정이다
벚꽃이 흐드러진다

우이천에 봄이 활짝 폈다
사람들의 얼굴도 봄꽃처럼 화사하다

경춘선 숲길에도 봄이 무르익었다
봄 내음 만끽하며 철길 따라 걸으니
아련한 옛 추억도 함께 따라온다

철길 옆 솔밭도 봄의 향연을 즐긴다
피곤에 지쳐 찾아온 사람들에게 피톤치드를
한 아름 선물한다

여기저기서 봄이 어서 오라고 손짓한다

공릉동 솔밭

공릉동 솔밭은 서울의 허파
오염에 찌든 시민들이 SOS를 친다

소나무야 소나무야
오염 줄게 산소 다오
빽빽하게 들어선 소나무들이 일제히 피톤치드를
뿜어낸다

시민들의 애절한 절규를 외면할 수 없어
신선한 산소로 인간들을 재충전한다

공릉동 솔밭 길은 거대한 산소공장
날마다 생명을 살리는 산소로 서울을 정화시킨다

별과의 대화

밤이면 밤마다 밤하늘의 별을 바라봤다
평생을 봤어도 궁금증은 풀리지 않았다

별은 내 마음을 알까?
별 모양은 어떻게 생겼을까?
우리가 흔히 알고 있는 오각형일까?
확인할 길이 없어서 찬스를 썼다

조용히 눈을 감고 간절히 기도했다
다시 밤이 찾아오고
밤하늘에 반짝이는 별이 가득했다

별이 말을 걸어온다
그래서 물었다
별 모양이 어떻게 생겼냐고?

별이 대답한다
별사람 다 봤네
별이 별같이 생겼지

뒤집어 생각하니

물은 칼로 벨 수가 없다
아니다
물을 꽁꽁 얼려서 칼로 베면 두 조각으로 갈라진다

비 오는 날은 흐리다
아니다
호랑이 장가가는 날은 쨍하고 해가 떠도 비가 온다

얼음이 녹으면 물이 된다
아니다
얼음이 녹으면 봄이다

친구의 빈자리

있을 땐 몰랐다
영원할 줄 알았어

너와 내가 함께 했던 그 시절이 좋았어
하루가 멀다 하고 눈만 뜨면 만났지

있는 말 없는 말 수다를 떨었어
얼굴만 바라봐도 널 안다고 믿었어
그런데 아니야 그건 착각이었어

마음 한번 닫으니 천릿길보다 멀어졌네
친구의 빈자리 아직 그대로인데
너와 내가 함께 했던 그 시절이 좋았어
너와 내가 함께 했던 그 시절이 좋았어

기찻길

두 줄로 나란히 늘어서 있는 기찻길
양팔 벌리면 맞닿을 수 있는 거리
더하지도 말고 빼지도 말고
항상 일정한 간격을 유지하고 있다

아주 먼 길을 달리고 달려도 그 간격은
좁혀지지도 않고 넓어지지도 않는다
둘이라서 외롭지 않다

한쪽이 다치거나 아프면
다른 한쪽도 기능을 못 한다
적당히 거리를 유지해서 평생 싸울 일도 없다

세월이 변하건
천 리 길을 달리건
둘의 우정은 변함이 없다.

현재에 집중하자

과거는 이미 지나갔다
미래는 아직 오지 않았다
오지도 않은 미래에 금쪽같은 지금 이 순간을 허비할 수는 없다

내 눈앞에 직면한 지금 이 순간에 올인하고 최선을 다하는 삶을 살자
지금 이 순간을 최대한 즐기며 하고 싶은 일에 도전하자
지금 행복하지 않으면 내일의 행복을 보장할 수 없다

지금 이 순간이 쌓여 하루가 된다
후회 없이 최선을 다한 하루가 쌓이면 한 달이 되고 1년, 10년, 평생이 된다

생각 지우개

생각이 꼬리에 꼬리를 문다
생각 날 때마다 생각을 마음 주머니에서 꺼냈다
내 마음을 빠져나온 생각이 그림자처럼 나를 졸
졸 따라다닌다

나를 뒤따르는 또 하나가 있다.
나의 분신 그림자다
생각과 그림자가 치열하게 자리싸움을 한다

내가 자리를 뜨면 생각도 그림자도 자리에서 사
라진다
그림자가 생각을 지우고 나를 따라온다

생각은 계속 내 마음을 빠져나오고 그림자는 계
속 나를 따라다니며 생각을 지운다

욕쟁이의 나들이

외모만 보면 일등 신랑감

33살 미혼이다
키 188에 몸무게 77
초콜릿 복근에 깡패 어깨

S대 출신에 신의 직장까지
완벽한 스펙이지만 아직 미혼이다

결정적 흠 하나가 발목을 잡는다
입에 욕을 달고 산다

욕쟁이 총각이 외출을 했다
복장이 화려하다
그가 쏟아낸 욕설을 주렁주렁 걸쳤다

욕설을 한 땀 한 땀 꿰어 만든 슈트를 입었고

욕설이 주렁주렁 걸린 목걸이를 했고
욕설 반지에 욕설 시계를 찼다

그뿐 아니다
그가 지나가는 발자국마다 그가 뱉어낸 욕설이
지문처럼 박혀있다
그런 줄도 모르고 그는 지금도 입만 열면 욕설을
토해낸다

착각하지 마

태어나는 순간 이미 죽음을 향한 레이스는
시작됐다
레이스가 끝나면 모든 게 끝이라고?

착각하지 마!
이승을 마감하면 단지 세상 소풍이 끝날 뿐이지
죽음은 끝이 아니야

죽음은 또 다른 세상을 향한 출발이다

혼자가 아니었구나

다 빠져나간 줄 알았다
다 떠난 줄 알았다
나 홀로 남은 줄 알았다

나에게 친구가 없다니
답답한 마음에 온종일 걸었다

아무나 붙잡고 말을 하고 싶었다
수많은 사람들이 스쳐 지나갔지만
단 한 마디도 걸지 못했다

군중 속에 혼자 버려진 느낌
쓸쓸한 마음을 달랠 길 없었다

하루가 지나고 새벽이 찾아왔다
띵똥 띵똥 띵띵똥

나를 찾는 소리에 잠을 깼다
꼭두새벽에 무슨 난리지

핸드폰을 열어보니 아뿔싸~~
친구 오우가 밤새 소식을 알려왔다

아~ 혼자 있어도 혼자가 아니었구나!
나에게는 아직도 친구 오우가 있다

갑자기 부자가 된 기분이었다

죽인다 이제 그만

와~ 끝내주네
넘 멋져~ 진짜 죽인다
좋아 죽겠다
답답해 환장하겠다
미치고 펄쩍 뛰겠네

사람들이 습관적으로 쓰는 말이다

좋아도 죽인다
웃겨도 죽겠다
답답해도 미치겠다

많은 사람들이 입에 달고 산다
말이 화를 부른다
정말 그런 일이 현실이 되면 어쩌려고

마음의 동산

지구를 습격한 전염병을 피해 다니다가
마음이 지쳐 쓰러져도
마음 하나 둘 곳이 없었다

내 안에 꿈의 동산 하나 세우고 싶다
마음의 비밀정원을 만들고 싶다

바다와 연못을 만들어 인어공주도 초대하고
황금 의자가 놓여있는 마음 전용 쉼터도 만들고 싶다

마음이 지치고 힘들면 마음 놓고 쉴 수 있는 꿈의 궁전

오색 무지개를 걸어놓고 꽃과 나무를 가꾸며
지친 마음의 안식처로 삼을 수 있는 곳
내 마음에 꿈의 동산을 세우고 싶다

천년왕국을 닮은 꿈의 동산을 건설하고 싶다

어머니의 손

세상에서 가장 아름다운 손
어머니의 손
솔방울같이 거친 어머니의 손

어머니의 손 주름은 자식 위해 헌신한 대가로
받은 훈장
그보다도 더 숭고하고 아름다운 손이 있지

어머니의 기도하는 손
자식은 이미 결혼하고 자식을 거느린 어른이
되었건만
늙으신 어머니의 자식 사랑은 끝이 없다

자식 잘되게 해달라고 날마다 솔방울 같은 손을
모아 새벽기도를 올린다

66찬가

나는 지금의 내가 좋다
조금은 뒤처지고 조금은 궁핍해도
그냥 이대로가 좋다

내 나이 어느새 66세
기억력은 떨어졌지만 두 귀로 들을 수 있고
두 눈으로 볼 수 있다

행동은 둔해졌지만 두 다리로 걸을 수 있다
두 손으로 잡을 수 있다
청춘을 잃었지만 대신 다른 것을 얻었다

나는 남는 시간이 차고 넘치는 시간재벌이다
하루 24시간을 마음대로 쓸 수 있다
나는 여유 재벌이다

경쟁할 필요가 없으니 서두를 필요도 조급할

필요도 없다

남과 비교할 필요도 없고

남을 의식할 필요도 없다

살아온 날보다 살아갈 날이 짧은 66세지만

지금 이대로의 내가 좋다

나에게는 지금 이 순간이 좋고 더없이 소중하다

커피 한 잔의 여유

코로나가 코로 들어갈까 봐
코와 입을 가리고 나왔다

코로나를 경계하며 집 근처 거리를
어슬렁거리다가
분위기 좋은 커피숍에 들어갔다

아메리카노 커피 한 잔을 시켜놓고
드디어 코와 입을 노출시켰다
뜨거운 커피를 마시면서 창밖을 바라본다

코끝으로 진한 봄 향기가 느껴진다
나뭇잎이 바람결에 춤을 추고
거리를 오가는 사람들의 발걸음도 춤을 춘다

커피 한 잔으로 여유를 만끽한다

친구야 내 친구야

친구야 잘 있느냐
밥은 먹고 다니냐
아픈 건 아니겠지

말다툼 한번 했다고
그렇게 떠날 줄 몰랐어
하루 이틀 지나면
돌아올 줄 알았는데

한 달 두 달이 넘어가도
자네 소식 알 길 없으니
궁금하고 걱정되어
애간장이 다 녹는다

친구야 내 친구야
제발 소식 좀 주려무나

친구야 내 친구야
제발 소식 좀 주려무나

판타지 시리즈 1

나는 사람을 보면 자꾸 말을 걸고 싶다
거짓말 탐지기가 장착된 말을 걸어 깊이 박힌 속
마음을 떠보고 싶다
모든 궁금증이 완벽하게 풀릴 때까지 질문하고
성실한 답변을 받아내고 싶다

겉 희고 속 검은 사람들
겉은 검지만 속이 흰 사람들
겉도 검고 속도 검은 사람들
겉도 희고 속도 흰 사람들

마음속으로 들어가 철저하게 가려내고 싶다
양의 탈을 쓰고 양심을 파는 사람들을 찾아내고
싶다
그리고는 앞가슴에 양심의 이름표를 달아주고
싶다

양심의 이름표는 만천하에 자신의 신분이 명명백
백하게 드러나는 자기 고백이다
그렇게만 된다면 지나가는 나그네가 상대를 한눈
에 봐도 척하면 삼 천리처럼 뭐 하는 인간인지 알
아볼 수 있다

판타지 시리즈 2

나는 투명인간
영원히 죽지 않는 불사조다

내가 고함을 쳐도
쿵쿵 발을 굴러도

인간들은 소리를 듣지 못한다

내가 가까이 다가가도
나를 전혀 보지 못한다
나는 순간이동을 한다

생각이 뻗치면 동시에 몸도 간다

구린 인간들이 있는 곳은 어디든 찾아간다
비리, 불륜, 살인, 도둑질, 심지어 불순한 생각까
지 알아낸다

인간들이 아무리 숨기고 감춰도
현장을 알아내는 건 식은 죽 먹기다

나는 인간들의 완전범죄까지 빼놓지 않고
기록한다
확인한 현장을 기록해서 하늘나라에 보고한다

내가 하는 가장 큰 임무다

판타지 시리즈 3

악마가 신분 세탁을 했다
악마 이름표를 떼고 천사로 바꿔 달았다
악마들이 세계총회를 열었다

신분 세탁한 악마도 참석했다
악마들이 천사 이름표를 발견했다
악마들이 만장일치로 회원자격을 박탈하고 그를
추방했다
천사로 착각한 것이다

인간들이 그 현장을 목격했다
반신반의하던 인간들도 그날 이후로 악마를 천사
라고 확신했다
우리 사회에도 진짜로 위장한 가짜가 득실거리지
않을까?

판타지 시리즈 4

하늘에 소원을 빌었다
지구로 구슬치기하는 능력을 선물로 받았다
몸은 인간이지만 힘 하나는 전지전능이다

단 조건이 있다
가진 능력을 좋은 일에만 써야 한다
이를 어기는 순간 능력은 사라진다

지구에 3년째 가뭄이 들었다
기근이 심해 굶어 죽는 사람들이 속출했다
보다 못한 그가 바다를 하늘로 번쩍 들어 올렸다

한 바가지 물을 퍼붓듯이 육지에 바다를
쏟아부었다
지구는 오랜 가뭄에서 벗어났고 농사는 대풍년이
었다

판타지 시리즈 5

농기구들이 창고에 옹기종기 모여있다
모두 일손을 놓고 있다
할 일이 없어지자 말이 많아진다

호미가 한마디 던진다
나도 양심이라는 게 있어
놀더라도 밥값은 하고 싶어

괭이가 맞장구를 친다
나 역시 마찬가지야
마냥 놀기만 하니 마음이 찜찜해

낫이 주인 탓을 한다
일을 하고 싶지만
주인이 너무 게을러

쟁기가 한 수 거든다

난 일 년째 백수야
주인이 허구한 날 술타령이거든

농기구들의 뒷담화가 끝없이 이어진다
주인들의 귀가 근질근질하다
누가 내 욕하나?

주인들이 농기구를 의심한다
농기구들이 주인의 손에 붙잡혀 일터로 끌려 나
간다

천생연분

당신과 나는 천생연분
당신을 만나 참 행복했소
함께한 세월이 벌써 40년

돌아보면 꿈만 같다오

얼굴에 잔주름이 늘었지만
당신의 미모는 여전히 빛이 나오
당신이 한 말 잊지 않고 있소

아낌없이 내어주는 나무
당신에게 내가 그런 존재라고
당신이 있어 행복합니다

이 세상 소풍 끝날 때까지
당신 잡은 손 절대 놓지 않으렵니다

경주마의 하소연

인간들 참 잔인하다

나는 경주마
3등으로 결승선을 밟는 순간
쏟아지는 분노의 함성에 귀가 얼얼했다

관중석에서 길길이 날뛰고
온갖 저주와 욕설이 난무했다

돈 욕심에 눈이 먼 인간들의 덫에 걸려
죽을힘을 다해 1분 뛰고 7킬로나 빠졌다

돈을 따면 인간들이 다 뺏어가면서
돈 날리면 왜 나를 원망하나
내가 돈 먹는 것도 아닌데
내가 왜 이런 욕을 먹어야 하나

양심 없는 인간들아 입장 바꿔서 생각해봐

아무리 말 못 하는 말이지만

너무 억울하고 원통해서 못 살겠다

바람 타고 온 당신

더벅머리 총각 시절 당신을 알았지
당신을 처음 본 순간
사슴 같은 눈망울에 마음이 풍덩 빠져버렸어

예쁜 얼굴에 흐르는 선한 미소가 좋았고
감미로운 목소리는 나를 감전시켰지

내 심장에 당신은 내 여자 좌표를 찍어놓고
눈만 뜨면
자석처럼 끌려다녔지
드디어 우리는 결혼을 했고
40년을 달콤한 신혼처럼 살고 있지

당신은 결혼하고 나서 더욱 빛이 나는 여자였어
당신은 나에게 바람 타고 온 천사
당신이 내 여자라서 행복합니다
영원히 당신 품에서 잠들고 싶어요

일방통행

당신은 너무 이기적인 사람
사랑도 일방통행 이별도 일방통행
좋다고 매달릴 땐 언제고
지금은 나를 피하려고만 하네

나는 네가 좋아졌는데
결혼까지 생각했는데
너는 왜 맘이 변한 거니

내 눈에 콩깍지를 씌워놓고
도대체 왜 돌아섰니

다시 돌아오라고
가지 말아 달라고
그렇게 애원해도
왜 모르는 척하는 거니

어쩜 그럴 수가 있니
내가 그렇게 미워졌니
나는 네가 좋은데
네가 너무 좋은데

놓치기 싫은데

놓치기 싫은데

인생길 여행길

인생은 장거리 여행
멀고도 험한 인생길
엄마 뱃속에서 시한부 초시계를 심장에 달고
세상에 태어나면서 이미 여행은 시작되었지

한번 출발하면 멈출 수가 없어
여행이 길어질수록 목적지는 가까워지고
결국은 지쳐 쓰러질 거야

고장 한번 없던 초시계가 멈추면
그곳이 바로 결승선
이 세상 끝나는 날

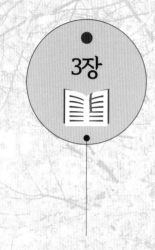

3장

봄을 심는 사람들

바람을 동반한 꽃샘추위가 춘삼월에 나타났다
사람들은 이빨 빠진 추위를 두려워하는 기색이
전혀 없다
춘삼월도 어느덧 팔부능선을 넘고 있다

사람들은 여기저기서 봄을 심는다
복분자, 앵두, 포도 묘목을 정성스럽게 심고 흙
이불을 덮어준다

시간이 지나면 꽃이 피고 탐스런 열매가 주렁주
렁 열리겠지
낯선 땅에 둥지를 튼 어린나무들이 주인에게 살
랑살랑 잎을 흔들어댄다

약속 시간은 지나고

지키지 못할 약속 도대체 왜 한 거니
기다리는 사람 심정 알기는 하는 거니
시간 엄수하겠단 말 철석같이 믿었는데

삼십 분이 지나고 두 시간이 넘어도
왜 나타나지 않는 거니
전화기는 왜 꺼놨니
못 올 사정 생겼으면 미리 알려줄 수 있잖아

사고라도 났는지
타들어 가는 내 심정
아직도 두근두근

친구야 자네 원래 그런 사람 아니잖아
우리 우정 이렇게 깨질 수는 없는 거야

하늘이 두 쪽 나도 나는 너를 믿는다

하늘이 두 쪽 나도 나는 너를 믿는다

이별 선언

가까이 오지 마
전화도 하지 마
더 이상은 못 참겠어
이제 그만 끝내고 싶다

원래부터 너란 인간 내 취향 아니었어
몇 번이나 말했니 네가 싫어졌다고
그런데도 왜 자꾸 내 주변을 맴도는 거야

아직도 모르겠니
그럴수록 니가 더 정떨어진다는 걸
제발 부탁이야
이제 우리 그만하자

반려견의 모성애

탐라 친구가 카톡으로 전해주는 반려견의 일상
어미가 새끼를 다섯 마리나 낳았다
눈도 못 뜬 새끼가 본능적으로 모유를 먹는다

새끼는 어미 품으로 달려들고
어미는 새끼를 모성애로 품어준다
어미가 새끼에게 번갈아 가며 스킨십을 하고
새끼는 하루가 다르게 자란다

새끼들이 서로 장난치고 뒹굴며 재롱을 부린다
어미가 새끼들의 노는 모습을 흐뭇하게 지켜본다
더없이 평화롭고 행복한 반려견 가족
그저 지켜보기만 해도 꿀이 뚝뚝 떨어진다

나 자신을 반성한다
지난날 개자식이라고 내뱉었던 말을 모두 주워
담고 싶다

내일은 없다

오늘 하루종일 내일이 오기를 기다렸다
하루가 저물고 밤이 찾아왔다
내일이 오기를 기도하며 설레는 마음으로 잠이
들었다

다시 어둠의 장막이 걷히고 아침 해가 떴다
그런데 또 오늘이다
기다리던 내일은 오지 않았다

평생을 속아왔으면서 나는 또 내일을 기다리고
있다

똥

내가 하는 일은 거룩하고 위대하다
내가 없으면 인간들은 한 달 아니 단 일주일도 살
지 못한다
인간이 생명을 유지하기 위해서는 잘 싸야 한다

아무리 잘 먹어도 내가 기능을 안 하면 살아남지
못한다
당신들의 입속으로 들어간 음식을 생각해 보았는가
단물은 모두 빼먹고 남은 찌꺼기가 바로 나다

인간들이 내 이름만 들어도 더럽다고 인상을 찌
푸리는 바로 그 똥이란 말이다
인간을 살리기 위해 희생한 나에게 고맙다는 말
은 못 할망정 나를 그토록 혐오하는 이유가 무엇
인가?
뱃속에 나를 가득 품고 살아가는 인간들이 그 은공
도 모르고 어쩌면 그토록 이기적일 수가 있는가?

바람을 실었다

바람이 봄을 실어나르고 있다
어제까지도 힘이 넘치고 세찬 바람이 불었다
오늘은 바람이 힘들어 보인다
봄을 실어나르느라 지친 기색이 보인다

백지장도 맞들면 낫다
바람을 도와주고 싶다
빈 수레에 바람을 가득 실었다

춘분에 부는 바람 속이 텅텅 비었나 보다
무게가 전혀 느껴지지 않는다
그런데 웬걸~
금세 힘이 부친다

수레를 잡은 양손에 힘이 빠지고 발걸음이
갈수록 느려진다
바람이 다시 속도를 낸다
거센 바람이 지친 내 등을 힘껏 밀어준다

행복

기분이 울적하면 웃어요
한바탕 소리 내어 웃어요
옆 사람 눈치 볼 것 없어요

목젖이 보이도록 웃어요
아하하하 하하하
아하하하 하하하

행복은 성적순이 아닙니다
돈으로도 살 수가 없습니다
행복은 웃는 얼굴을 좋아한답니다
웃음을 거두면 행복은 꼭꼭 숨어버려요
환하게 웃으면 행복이 우리에게 달려온답니다

아하하하 하하하
아하하하 하하하
아하하하 하하하
아하하하 하하하

오우가(五友歌)

친구여~ 친구여~
송죽수석월(松竹水石月)
다섯 친구(五友)의 마음에 담은 우정은 40년이 넘어
도 변함이 없네

나이야~ 가라~~ 나이야~ 가라~~

마음은 아직도 뜨겁다
나이아가라 폭포다
우리는 경륜이 두둑한 인생 고수
여유가 넘치는 시간 부자다

카톡에 멍석을 깔아놓고
마음껏 뛰어놀고 소통하지
오우가 모이면 웃음이 꽃피는 세상

친구여~ 친구여~

보석 같은 나의 친구여~~

하루를 천년같이
천년을 하루같이
남은 세월 마음껏 즐겨보세

미련도 근심도 훌훌 털어버리고
이 세상 끝날 때까지 행복하게 살다 갑시다

이력서

나는 날마다 이력서를 쓴다
일기장을 채우듯이 이력서를 쓴다
내가 쓰는 이력서는 채용이력서가 아니다
하늘나라에 갈 때 제출하기 위한 이력서다

이력서 스펙에 학력 경력이 없다
재물, 권력, 직장도 없다
얼마나 가치 있는 하루를 살아냈느냐가 스펙의
전부다

이승에서 누린 부귀영화도 화려한 스펙도
하늘나라에서는 아무런 쓸모가 없다
그러니 내가 쓰는 이력서는 세속에 묻혀 사는 사
람들과 다를 수밖에 없다

나는 기쁘고 즐거운 마음으로 나만의 이력서를
채워나가고 있다

?

생각에 물음표(?)를 달면 세상 모든 것이
의문투성이가 된다
지구는 왜 생겼을까?
바다가 육지라면 인간이 생존 가능할까?
태양이 식으면 밤과 낮이 존재할까?
인간에게 독수리의 날개가 있다면?

물음표는 세상을 발전시키는 원동력이 되기도
하지만 의심으로 인간을 분열시키기도 한다
의문이 지나치면 의심으로 간다
의심이 심하면 불신이 싹튼다
불신이 커지면 불화가 생긴다
불화는 분열을 일으킨다
분열은 파멸로 가는 지름길이다

그럼에도 나는 항상 물음표를 달고 다닌다
내 인생에 물음표를 뺀다면?
그런 상상만 해도 끔찍하다

생각

생각은 핵폭탄
우주 전체를 끌어모아 마음속에 한 덩어리로 압
축시켜놓았다

생각이 무언의 굉음을 내며 폭발한다
핵폭탄이 핵분열을 일으킨다
생각이 순식간에 천지 사방으로 흩어진다
흩어진 생각들이 우주 공간에 훨훨 날아다닌다

어느 순간 흩어진 생각들이 연어처럼 다시 내 심
장 속으로 들어온다
성질 급한 생각들이 여기저기서 잠자는 내 마음
의 문을 열어달라고 아우성친다

66

내 나이 66세
33의 두 배를 살았다

예수는 33세에 십자가 형틀에 못 박혀 인간의 짧
은 생애를 마감하고 승천했다

나는 생각한다

100세를 살건
200세를 살건
10세를 살다 가건
수명의 잣대와 가치는 전혀 무관하다는 교훈을
가슴에 다시 한번 새긴다

예수의 생애는 비록 33세지만 인간의 머리로 평
가 불가능한 영원불멸의 대업적을 남겼다
66세 나이를 먹을 때까지 과연 나는 무엇을 이뤘

는가

오늘 하루 내게 주어진 이 시간이 얼마나 소중하
고 고귀한지 뼈저리게 절감한다

밤과 낮의 길이가 같은 춘분. 오늘이 지나면 내일
은 해 뜨는 시간이 더 길어지겠지.
창밖에 눈물 같은 비가 주룩주룩 내린다

소풍

이 세상에 태어나 부대끼며 살았다
사는 게 힘들어 눈물도 많이 흘렸다
하지만 턱 빠지게 웃을 일도 많았다

소풍 같은 인생
세상에 나올 땐 나 혼자 울었지만
행복하게 살다가 웃으면서 떠나야지
세상 소풍 끝내고 하늘로 돌아가야지

어머! 봄물 흠뻑 들었네

춘분이 지나고 어느새 강산은 봄꽃으로 흠뻑 물
들었다

서울 도심 아파트 단지에도 꽃들이 경쟁하듯 피
어나고 있다
성미 급한 벚꽃은 꽃샘추위에도 꽃잎을 활짝 드
러냈다
목련꽃도 이미 피어 바람에 한 잎 두 잎 떨어지기
시작했다

개나리꽃도 노란 옷으로 갈아입고
지나가는 나그네의 시선을 빼앗고 있다

봄은 이미 우리 곁으로 깊숙이 들어와 있다.

함부로 이름을 부르지 말라

이름이 무섭다
이름은 운명이고 숙명이다
그러니 이름을 함부로 짓지 말라
거짓된 이름을 함부로 부르지도 말라

이름 한번 탄생하면 숙명처럼 끝까지 따라붙는다
해석도 설명도 자기 잣대로 하지 말라
섣불리 속단하면 바로잡을 길이 요원하다
모르면 차라리 그냥 놔두는 게 낫다
모르면서 아는 양 떠들면 그 말을 믿는 자들 또한
많아질 것이다

잘못된 이름을 붙이고 잘못된 길을 옳다고 믿으
면 그 피해는 엉뚱하게 다른 사람들이 본다
내 이름은 선한 양이라고 하면서 온갖 악행을 저
지르는 짓거리를 하지 말라
내가 빛이요 길이요 희망이라고 외치면서 절망의

길로 끌고 가지 말라

정치인, 지도자, 목회자에게 특히 당부한다
모르는 것을 아는 양 잘못된 해석을 하고 잘못된
길로 인도하면 그 책임이 부메랑이 되어 반드시
자신에게 돌아갈 것이다
권세와 지위가 높을수록 그 말을 믿고 따르는 자
그만큼 많아질 터이니 치러야 할 책임 또한 눈덩
이처럼 커질 것이다

어깨에 견장 찬 잘난 사람들이여!
현실이 힘들어 지푸라기라도 잡고 싶어 하는 사
람들을 더 이상 우롱하지 말라

존재의 의미

이 세상에 존재하는 모든 것에는 이유가 있으리라
미풍에 흩날리는 티끌 하나에도
창문 틈으로 쏟아져 들어오는 햇살에 비치는 먼
지 하나에도
분명 그 자리에 있어야 할 존재의 이유가 있으리라

지구보다 월등하게 큰 태양계의 별도 우리 눈에
는 손톱처럼 작아 보이듯이
우주에서 지구를 보면 인간은 먼지보다 작아 흔
적조차 드러나지 않을 것이다
개미의 눈에는 인간이 백두산보다 더 커 보이지
않겠는가

그런데도 인간들은 자칭 우주 만물의 영장이라고
자화자찬한다
할 수만 있다면 방안에 떠다니는 먼지에도 생명
을 불어넣고 싶다

그리고 먼지에게 묻고 싶다

너는 왜 여기에 와서 내 주위를 맴돌고 있냐고

자존심

자존심은 양날의 검이다
잘 쓰면 약이 되고 잘못 쓰면 독이 된다

자존심은 자신을 죽일 수도 살릴 수도 있다
자존심 상한다고 아무 때나 폭발하면 3분도 못 가
서 땅을 치고 후회한다

알량한 자존심 세우려다 불구덩이 속으로 뛰어드
는 우를 범할 수도 있다
때로는 목에 칼이 들어와도 지켜야 할 자존심이
있다

불의와 탐욕에 눈이 멀어 자존심을 버리면 인격
도 함께 쓰러진다

거울 앞에서

강아지는 자기 얼굴을 보면 어떻게 반응할까?

강아지를 품에 안고 거울 앞에 섰다
강아지가 경계심을 드러내며 큰소리로 짖어댄다
거울 속의 강아지도 물러서지 않고 맞선다

으르렁대는 소리가 점점 커지고 한번 불붙은 싸
움은 그칠 기미가 없다
강아지를 거울에서 떼어놓았다
드디어 싸움이 끝나고 평화가 찾아온다

쓰레기

주택가 골목길에 쓰레기가 널브러져 있다
누가 버렸을까?

담배꽁초, 껌딱지, 빈 술병, 유리 조각
종류도 가지가지다

한 줄기 바람이 골목길을 휩쓸고 지나간다
누군가의 손을 떠난 휴지 쪼가리가 이리저리 바
람에 날린다

버려진 양심 사이로 철부지 아이들이 뛰어다닌다
양심을 도둑맞은 사람들이 너무 많다

갈대와 마음

인간의 마음은 갈대
반은 맞고 반은 틀리다

갈대는 바람이 불면 몸이 흔들린다
인간은 바람이 들면 몸을 지배하는 마음이 흔들
린다
갈대는 흔들릴지언정 자리를 떠나지 않는다

바람에 맞서면 몸이 꺾이고 부러지기에 연약한
몸을 흔들어 자신을 보호한다
갈대는 바람의 습격을 받을 때만 몸을 흔든다.
강한 바람에 연약한 몸을 맡겨 꺾이지 않고 자기
자리를 지킨다
갈대는 아무리 거센 바람이 불어도 자리를 내주
는 법이 없다

인간은 다르다. 마음이 흔들리면 미련 없이 몸을

팽개치고 자리를 빠져나간다.

마음이 변덕을 부리면 이유가 뭔지 어디로 튈지
종잡을 수가 없다

화실의 사계

화실에 4계절이 있다
만물에 싹이 트고 봄기운이 물씬한 춘삼월
소나무 화실은 벌써 초여름이다

화실을 가득 채운 초대형 화폭에
600살 노령의 소나무가 버티고 서있다
가로 5m에 세로 1.6m

상상을 초월한 크기다
수호신 같은 대왕송이
늘 푸른 솔잎, 거북 등 같은 껍질

붉은 기운의 아우라를 뿜어내며
당당하고 늠름하게 버티고 서있다
구름이 내려앉은 산맥을 내려다보고 우뚝 서 있다

화가의 손으로 화폭에서 봄에 태어나 푸르디푸른

초여름을 보내고 있다
가을이 오기 전에 소나무는 화려한 외출복을 입
고 거리로 나오겠지

직목(直木)과 곡목(曲木)

나라는 국민의 집이다
정치인, 공무원도 직목(直木)과 곡목(曲木)이 있다

좋은 집을 지으려면 좋은 나무를 써야 한다
굽은 나무를 쓰면 다음에 이어 붙일 나무도 굽은
나무를 쓸 수밖에 없다
결국은 집 전체가 구부러진다

공직자도 이와 다르지 않다
곡목(曲木)의 인물을 뽑으면 다음에도 그다음에도
곡목으로 물들어 결국은 나라를 무너뜨리게 된다

누구를 뽑을지는 국민의 손에 달렸다
이제부터라도 나라 망치는 권력형 비리를 끊어내
려면 직목의 정치인, 공직자를 우리 손으로 가려
내야 한다

겸손의 힘

나는 교만이 고개를 쳐들 때마다 겸손을 찾아간다
겸손은 나침반이다
약자이거나 강자이거나
무명인이거나 유명인이거나
겸손은 마음을 끌어당기는 나침반이고 내비게이
션이다

겸손은 자신을 낮춰 자신을 높이는 기적을 불러
온다
겸손이 있으면 멀어진 마음도 다시 찾아오고
겸손이 없으면 찾아온 마음도 다시 떠나간다

겸손에는 강력한 힘이 있다
겸손은 총칼보다 더 무섭다
겸손은 상대를 이길 수 있는 최고의 지혜다
겸손은 성공으로 가는 가장 큰 무기다

두 부류의 인간

사람은 크게 두 부류로 나뉜다
도전하는 사람이 있고
도전하지 않는 사람이 있다

똑같은 상황에서 똑같은 말을 해도
말귀를 알아듣는 사람이 있고
알아듣지 못하는 사람이 있다

무슨 일을 하다가 실패를 하면
자기가 책임지는 사람이 있고
남 탓으로 책임을 돌리는 사람이 있다

한밤중 맨몸으로 바다에 빠져도
죽어서 나오는 사람이 있고
살아서 나오는 사람이 있다

선택은 자유지만 선택에 따라 성패가 달라질 수 있다

두 얼굴

알고 보면 모든 것이 두 얼굴이다

아궁이에 지핀 불을 살리려면 바람을 계속 불어
넣어야 한다

촛불은 바람이 부는 순간 꺼지고 만다
촛불을 살리려면 바람을 막아야 한다
바람이 진노하면 더 무섭다

산불이 바람을 만나면 걷잡을 수 없이 번진다

물은 장애물을 만나면 피해서 간다
물이 노하면 모든 장애물을 휩쓸고 간다

세상은 한쪽만 보고 판단할 수 없다

손빨래

빨래야! 너는 나의 희생양이다
답답하고 속 터지는 마음을 하소연할 길 없어 만만해 보이는 너를 택했다
갑질하는 상사가 미워서 죄 없고 힘없는 너에게 분풀이를 했다

너의 몸에 비누로 떡칠을 하고 빨래판에 너를 눕혔다
상사를 증오하는 마음으로 젖 먹던 힘까지 다 실어서 너를 박박 밀었다
그리고는 물에 담가 물고문을 시켰다

물을 흠뻑 먹고 축 늘어진 너를 사정없이 쥐어 비틀어 마지막 한 방울까지 물을 짜냈다
내 손을 거치고 나서 너는 깨끗하고 뽀송뽀송한 몸으로 다시 태어났다
혼탁한 세상의 찌든 때를 말끔히 벗겨낸 너를 닮고 싶다

세월에 물으니

세월에게 물었다
세월은 왜 끝없이 흘러만 갑니까?

세월이 답했다
세월은 변함없이 그 자리 그대로 있는데
이슬처럼 사라지는 인간들이 세월 앞으로 스쳐
지나갈 뿐이다

세월에게 다시 물었다
그 말 믿어도 됩니까?

세월이 답했다
세월이 가면 알겠지

톱밥

한 사내가 산에서 톱질을 한다
식인 상어같이 날카로운 이빨이 나무 밑동 속으
로 깊숙이 파고 들어간다
견디다 못한 아름드리 거목이 중심을 잃고 쓰러
진다

쿵
비명 소리가 산천을 뒤흔든다
게임은 아직 끝나지 않았다

톱을 든 사나이가 쓰러진 나무 앞으로 의기양양
하게 다가간다
일자로 뻗어 기절한 통나무에 사정없이 톱질을
한다
밀고 당길 때마다 뽀얀 속살이 떨어져 나온다
인정사정없는 사나이의 톱질에 통나무는 두 동강
이 난다

어느새 밥이 수북하게 쌓였다
불을 때지 않고도 톱이 나무를 만나면 밥이
나온다
햅쌀밥같이 하얗고 보들보들한 톱밥이다

걱정하지 마

실수 좀 했다고 너무 걱정하지 마
우리에겐 아직 내일이 있으니까

일이 잘 안 풀린다고 속상해하지도 마
우리에겐 아직 내일이 있으니까

내일을 미리 앞당겨서 걱정할 필요는 없어
걱정한다고 해서 걱정이 없어지는 것도 아니거든

오늘은 오늘 일만 생각하면 돼
오늘 하루 자신을 즐기면 되는 거야

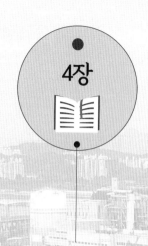

4장

유령세계 목격담

물속을 들여다봤다
진기한 풍경이 펼쳐진다
세상이 물속에 거꾸로 처박혀 있다

수면 아래 비친 모든 것들이 땅 위의 세상과 대칭
으로 판박이처럼 똑같다
거꾸로 서서 걸어가는 사람들의 표정이 너무도
태연하다

자전거를 타고 지나가는 사람도 있다
강아지와 산책하는 어린이도 있다
빠른 속도로 질주하는 자동차도 보인다

물속에 사는 사람들의 행동을 세상 사람들이 똑
같이 따라서 하는 것은 아닐까?
갑자기 유령세계에 와 있는 착각에 빠졌다

주말 오후의 여유

집에서 엎드리면 코 닿을 거리 우이천에 나왔다
벤치 앞 공터에 자리를 펴고 세상에서 가장 편한
자세로 앉았다
무심하게 지나쳤던 풍경들이 파노라마처럼 시선
에 들어온다

하늘, 아파트, 새, 나무, 돌멩이, 잡초, 흙~~ 그
리고 한 줄기 바람~~
비둘기가 먹이를 찾아 떼를 지어 기웃거린다
새끼를 거느린 오리 가족이 물 위를 미끄러지듯
이동하면서 한가로운 오후를 보낸다

볼거리가 또 하나 생겼다
여기 나도 있소 하듯 갑자기 다가온 초대형 잉어
한 마리
팔뚝만 한 몸체를 과시하며 꼬리를 좌우로 흔들
어 자신의 존재를 알린다

운동기 기구에서 운동하는 사람들
삼삼오오 어울려 환한 표정으로 대화를 나누는
사람들
엑스트라처럼 지나가는 사람들

그냥 멍 때리고 바라만 봐도 나쁘지 않다
때마침 불어오는 바람에 우이천이 주름치마처럼
출렁거리며 분위기를 띄워준다

물속에 비친 나

호수를 가로지르는 출렁다리를 혼자 걸었다
이럴 때 친구라도 있으면 손잡아주련만
걸음을 옮길 때마다 중심을 잃고 몸이 심하게
흔들린다

나를 꼭 닮은 또 한 사람
물속에서 나를 따라 움직인다
내가 비틀거리면 또 다른 나도 비틀거린다

나 홀로 외출이지만 혼자 있어도 혼자가 아니다
물속에 비친 분신이 있어 외롭지 않다

지구별

밤하늘을 올려다봤다
시선이 머무는 끝에 둥근달이 있다
어쩌면 저리 은은한 빛이 날까?
참 아름답기도 하여라

밤하늘을 가득 메운 별도 초롱초롱하다
달에서 찍은 우주 사진을 봤다
군계일학이 이런 것일까?

찬란하게 빛나는 별이 하늘 높이 떴다
암흑의 우주에 푸른 보석처럼 박혀서 광채를
뿜어내는 둥근 별
우리가 사는 지구별이다

지구에서 까마득하게 올려다본 달인데
달에서 까마득하게 올려다보는 별이 지구라니
참 신기하기도 하여라

지구가 이토록 눈부시게 아름다운 별이었구나
그동안 잊고 살았던 많은 것들이 잠자는 나를
흔들어 깨웠다

불면증

밤이면 밤마다 찾아오는 친구가 있었다
눈 감으면 어김없이 나타나 달콤한 꿈나라로 나
를 데려가 준 친구다
어느 순간부터 친구가 나를 멀리하기 시작했다

밤새 몸부림치며 친구가 오기를 기다렸다
한번 떠난 친구는 다시 나타나지 않았다
소중한 친구를 잃어버린 날부터 매일 밤을 뜬눈
으로 보내고 있다

친구 없이 찾아오는 밤이 너무 두렵다
도대체 누가 내 잠을 훔쳐 갔을까?

세월

세월이 강물처럼 흘러간다
혼자가 아니다
말 많은 세상을 쓸어 담아 끌고 간다

우주 빅뱅이 일어나도
공룡시대가 사라져도
한눈 팔지 않고 오로지 제 갈 길을 간다

세월이 가는 길은 시작도 끝도 없다
세월은 고장도 없고
체중도 없다

어디서 왔다가 어디로 가는 걸까?
세월이 말한다
세상이 시끄러워 귀를 막고 간다고

산수유

산수유가 봄을 마중 나왔다
계절을 갈아탄 봄이 산수유를 포근하게 감싸준다
산수유가 봄을 만나 꽃이 되었다

산수유꽃이 샛노란 이를 드러내며 바람에게 속삭
인다
내 꽃말은 영원불멸의 사랑이야

꽃바람이 꽃물결 일으키며 꽃향기를 실어나른다
사랑하기 딱 좋은 계절이다

먹고 또 먹고

배가 고프면 밥을 먹듯이
생각이 고파서 마음을 먹었다

쌀밥에 김치, 깍두기 반찬을 먹듯이
마음에 기쁨을 얹어서 먹고
환희, 추억을 담아서 먹었다

하늘 한 번 쳐다보고 기쁨 한 줌 먹고
강물 한 번 바라보고 추억 한 줌 먹고
이 생각 저 생각 먹고 또 먹었다

내 안에 행복이 풍선처럼 부풀어 오른다

겨울 가고 봄이 오니

내가 퍼부었던 그 많은 말들이 겨우내 꽁꽁 얼어
붙었다

동면의 계절에 깊은 겨울잠을 자듯 얼음 속에 숨
죽이고 있었다

동장군이 물러가자 얼어붙었던 독설도 깊은 잠에
서 깨어나 봄바람 타고 메아리처럼 퍼져나간다

송죽수석월

밤낮없이 깔아놓은 멍석이 있다
6학년 다섯 친구(五友)가 24시간 뛰어노는 소통마
당이다
대화의 주제도 형식도 없다

시시콜콜한 농담을 하다가 발동이 걸리고 마음이
동하면
세상을 버무려 시를 짓거나 문학의 삼매경에 빠
져든다

친구들에게 걸맞은 이름표도 각각 달았다
송(松), 죽(竹), 수(水), 석(石), 월(月)

五友는 서울 청주 제주에서 놀이마당으로 순간
이동하여 미친 듯이 논다
들고나고도 완전 자유다
꽉 막힌 세상에 소통할 수 있는 친구 五友가 있으
니 인생 2막이 외롭지 않다

어느새 봄

밖에 나가보니 어느새 봄

문 두드리는 소리에 누군가 내다보니
어느새 찾아온 봄

얼음이 녹은 자리에
물을 머금고 고개를 쳐든 봄

어느새 우리 곁에 맴돌고 있는 봄~봄~봄~

대나무

대나무를 닮고 싶다
비바람에 휘일지언정 꺾이지 않는 대쪽처럼 살고
싶다

속이 텅 빈 대나무를 닮고 싶다
속이 비어서 더 멋진 천상의 화음을 내는 대나무
가 되고 싶다
욕심으로 물든 내 마음을 텅 비우고 싶다

자석처럼 끌어당기는 욕심을 멈춰 세우고 싶다
눈 폭탄을 뒤집어쓰고도 바람 소리에 춤추며 노
래하는 그 여유를 닮고 싶다

대나무 같은 삶을 사는 내 친구를 닮고 싶다

새벽달

하루살이에 지친 세상은 밤을 푹 뒤집어쓰고 잠
이 들었다
사람들은 일개미처럼 동동거렸던 두 다리를 쭉
펴고 밤에 몸을 맡겼다
어둠은 고목 나무처럼 쓰러져 꿈속을 헤매는 사
람들을 밤새 지켜주었다

몸이 닳아 없어져 손톱만 남은 그믐달이 어둠에
묻힌 인간 세상에 한 줄기 빛을 내린다
밤은 다시 어둠을 걷어 올리고 새벽을 맞을 준비
를 한다
하늘 높은 줄 모르고 거만하게 치솟은 빌딩 숲에
서도 어둠을 깨는 불빛이 새어 나온다

도봉산을 찾았노라

근심 걱정을 배낭에 가득 담았다
배낭을 짊어지고 집을 나섰다
두 어깨에 배낭의 무게가 고스란히 느껴진다

도봉산 자락에 걸터앉아 배낭을 풀어놓았다
나를 짓눌렀던 생각들이 꾸역꾸역 쏟아져나온다
앙금처럼 남아있던 한숨마저 멀리 달아난다
몸도 마음도 한결 가벼워진다

산을 오르는 사람들
산에서 내려오는 사람들
꼬리를 물고 이어진다

서늘한 바람이 봄을 가득 싣고 내 앞을 지나간다

마음에 지은 정자

마음 가는데 몸이 가고 마음 오는데 몸도 오네
지친 마음 쉬어가라며 몸이 마음을 잡는구나
어랑 어랑 어허랑

마음에 정자를 지어놓고 정자에서 마음을 씻으니
여기가 바로 천국일세
어랑 어랑 어허랑 어디 한번 놀아보세
어랑 어랑 어허랑 어디어차~ 어허야

세월도 무상하여라 어랑어랑 어허랑(御許郞)

마음 씻으니 세심정(洗心亭)
마음 비우니 무심정(無心亭)
어랑 어랑 어허랑 어여디야 어허야!

눈물

눈물이 왜 뜨거운지 그대는 아는가?
세상 시름에 타들어 가는 나의 마음을 담았기 때
문이다

눈물이 왜 소금보다 더 짠 줄을 그대는 아는가?
아무리 아끼고 쥐어짜도 채워지지 않는 나의 자
린고비를 담았기 때문이다

눈물이 왜 두 줄기 볼을 타고 흘러내리는지 그대
는 아는가?
평지풍파 모진 고난에 시달려 목석처럼 굳어버린
내 얼굴을 따스하게 보듬어주기 위해서다

웃어도 왜 눈물이 나는지 그대는 아는가?
얼굴은 웃고 있어도 내 안에 흘릴 눈물이 아직 남
아있기 때문이다

춘설

꽁꽁 얼어붙었던 봄이 다시 찾아왔다
1년 만에 돌아온 계절의 고향이다

자리를 내준 겨울이 자꾸만 뒤를 돌아본다
겨울이 봄에게 심술을 부린다
흰 눈으로 봄을 덮어버렸다

겨울이 자꾸 뒤를 돌아본다
기습 추위에 놀란 봄이 재채기를 한다

봄을 알리는 비

아침부터 비가 내린다
삼월 첫날 이른 새벽부터 오고 있다

봄이 하늘의 비를 부르니 비가 지상에 내려와 봄
을 전한다
끊어질 듯 가늘고 긴 꼬리를 달고 내려와 메마른
땅을 적신다
겨울잠에 빠져있던 봄이 실눈을 뜨고 기지개를
켠다

봄여름가을겨울을 주행하는 계절의 순환 열차가
멈춰서자 봄이 우루루 쏟아져나온다

나 아직 살아있다

겨울이 끝났다고 말하지 말라
계절의 문턱을 넘지 않았으니 아직은 겨울이다

무섭게 퍼붓던 폭설도 그친 지 오래고
산비탈 응달에 잔설도 다 녹았지만
조석으로 불어오는 바람은 여전히 시리고 매섭다

3월을 하루 앞둔 겨울이 울면서 말한다
지금 내리는 비는 겨울의 눈물이다
그래도 아직은 겨울이다

나 아직 죽지 않았다
겨울 아직 살아있다

도봉산 나들이

무늬만 겨울인 2월 끝자락에 도봉산을 찾았다
구름을 말끔히 벗겨낸 하늘이 오늘따라 유난히
푸르다
우뚝 솟은 선인봉, 자운봉은 변함없이 자기 자리
를 지키고 있다.

추위를 잃어버린 겨울은 이빨 빠진 호랑이
얼마 남지 않은 시한부 겨울이 앙상한 나뭇가지
에 매달려 몸부림친다

후들거리는 다리가 오르지 못할 나무니 쉬어가라
한다
몇 걸음 못 가서 산 입구 공터에 돗자리를 펴고
앉았다
바람 타고 내려와 얼굴을 따스하게 감싸주는 햇
살 한 줌이 고맙다

고프다

내 나이 지금 22살
세 번째 스물두 살이다

세상에 태어나면서 인생 1막을 시작하여
엄마 품에서, 학교 울타리 안에서 22살을 살았다

인생 2막은 군입대로 시작하였다.
제대하고, 취직하고, 가정을 이루고
아등바등 거친 세파에 시달리다 보니 두 번째 스물두 살이 번개처럼 지나갔다.

인생 3막은 오르막과 내리막이 교차했다
승진도 맛봤고 현역 은퇴라는 쓴맛도 맛봤다

지금 내 나이 스물두 살
세 번째 22살이다

앞으로 인생 4막이 기다리고 있다
내년이면 인생 4막 한 살이 된다

나이를 먹어도 젊어지고 싶은 내 나름의 계산법
이다
다리는 풀리고 총기는 사라져도 고픈 게 너무
많다

정도 고프고
사랑도 고프고
우정도 고프고
행복도 고프고
우정 또 고프다

소나무를 닮은 사내

늘 푸른 소나무를 닮은 한 사내가 바위에 걸터앉
아 사색에 빠져든다
눈앞에 흐르는 계곡물을 쳐다보다가 흥이 나면
칠언절구 시를 읊으며 세월을 낚는다
시간이 흘러 밤이 되었건만 사내는 자리를 떠날
줄을 모르네

휘영청 밝은 달이 걱정스러운 듯 사내를 내려다
본다
고단한 세상은 깊은 잠에 빠져들고 사내가 갑자
기 소리 내어 이름을 불러댄다
송아! 석아! 죽아! 물! 달아! 오우야!

고개를 넘어온 바람이 사내를 스치고 지나간다
대나무숲이 바람을 불러와 춤추며 노래한다

봄을 품은 겨울

푸른 하늘에 흰 구름 한 조각
양수리 호수에 몸을 숨긴다

바다처럼 넓은 강물은
겨울바람을 붙잡고 춤을 춘다

겨울바람은 신바람
강물을 부추겨 흔들어댄다

강물도 덩달아 신이 나서
리듬에 맞춰 출렁출렁 춤을 춘다

하늘, 구름, 태양도
강물에 풍덩 빠져 하나가 된다

버들강아지에 싹이 움트고
겨울이 어느새 봄을 품었다

넓고도 좁은 세상

세상은 끝없이 넓고도 한없이 좁다
이 넓은 세상을 어찌 할까?

세상을 마음에 담았다
우주 끝까지 생각의 끈으로 묶어 끌어당겼다

끝도 없이 넓고 광활한 세상이 나의 심장 속으로
순식간에 들어온다
사람 마음이 세상보다 넓다는 것을 알았다

세상이 바늘구멍보다 좁을 수도 있다
마음을 닫으면 바람 한숨도 들지 못한다

50년을 동고동락해온 절친도 한쪽이 마음을 접으
면 우주 끝보다 더 멀어져 버린다

그림자

하루종일 그림자와 함께 돌아다녔다
나는 지치고 피곤해서 녹초가 되었지만
그림자는 단 한 마디 불평도 하지 않았다

그림자는 나의 분신
남산을 오를 때도
돌다리를 건널 때도
그림자가 항상 내 곁을 지켰다

그림자는 나의 친구
꼬리표처럼 따라붙는 그림자가 있어 외롭지 않다

그림자는 변신의 마술사
그림자는 키 작은 나를 골리앗보다 더 큰 거인으
로 만들었다

그림자는 신출귀몰하다

뒤따라오다가 갑자기 나를 앞지르고
감쪽같이 사라졌다가 다시 나타난다

그림자에게도 변하지 않는 철칙이 있다
태양이 비추면 어김없이 나타나고
어둠이 내리면 꼭꼭 숨어 버린다

그림자와 나는 한 뿌리 한 몸이다
정확하게 일치하는 발자국이 그 증거다

잃어버린 물건

버스에 물건을 놓고 내렸다
집에 와서야 잊어버린 물건이 생각났다
귀하게 선물을 받은 소중한 물건인데~~

버스는 떠났고
어느 버스를 탔는지 기억이 없다

나이를 먹으니 머리가 가벼워지나 보다
손이 머리를 기억 못 하고
머리는 손이 하는 일을 모른 척한다

내가 나를 생각해도
머리와 손이 다른 사람처럼 따로 노는 이유를 모
르겠다

고맙기도 하여라

추위에 떨다가 지하철을 탔다
빈자리가 눈에 들어온다.
앉는 순간 온기가 느껴진다

누군가 금방 일어났나 봐
나한테 온기를 주고 떠난 사람
고맙기도 하여라

다음 역에서 다시 문이 열리고
사람들이 쏟아져 들어온다
나도 누군가에게 따뜻한 사람이 되고 싶다

목적지도 가기 전에 자리에서 일어났다

대왕송

나는 소나무의 대왕이다
바람 타고 지상에 내려온 솔씨 하나

울진 금강소나무 숲길에 터를 잡았다
세월이 나를 품었고
자연이 나를 키웠다

한여름 찌는 더위와 혹독한 겨울 추위도
이겨내고
비바람 강풍과 세찬 눈보라에 시달려도
흔들릴지언정 꺾이지는 않았다

그렇게 600년을 살아남았다
천년을 살 것처럼 호들갑 떨다가
100년도 못살고 가는 인간들을
600년 동안 지켜봤다

나는 소나무의 대왕이다
나는 아직도 죽지 않았다
대한 땅의 살아있는 전설이다

가시 돋친 장미

그 누가 말했던가? 5월은 장미의 계절이라고
그 말을 증명이라도 하듯 얼마 남지 않은 5월이
장미꽃으로 물들었다

붉은 장미
노란 장미
철망을 뚫고 나온 장미
사이좋게 어울려 활짝 웃으며 오가는 사람들을
유혹하고 있다

장미가 아무리 곱다 해도 함부로 다가오지 마라
아름다움에 취해 붉은 장미를 덥석 잡았다간 가
시에 찔려 붉은 피를 볼 수도 있다

가시 돋친 장미
장미에 가시가 있음은 스스로 장미를 보호하기
위함이다

장미에서 가시를 걷어내면 장미의 매력도 사라
진다

자연을 벗 삼아

봄이 중천에 머문 금요일 도봉산 자락에 발을 담
갔다
계곡물 흐르는 소리를 들으며 세월을 바라본다
자연을 벗 삼아 보내는 시간이 소중하고 또 소중
하다

물고기도 내 앞에서 떼지어 군무를 한다
내 마음은 어느새 신선을 닮아가고
티끌 만한 욕심도 저만치 달아난다

와일드 이펙트

－유광선

지나온 길 되돌아 생각하니
감사 그리고 기쁨 흘러넘쳐
삶의 에너지 삼아 꿈 키우고
바라고 원하는 것 꼭 이루리

일어나라 일어서라 다시 일어서
시작은 이제부터니 다시 일어서
달려가라 달려가라 앞을 향해서
출발은 이제부터니 앞을 향해서

꿈이 있다면 아직 청춘이도다
온 힘을 다해 지금 불타올라라
성공한 너의 모습 그려보아라
온 힘을 다해 그 모습 따라가거라

거침없는 질주로 너를 보여주거라
열정의 땀방울이 증명하리라

끊임없는 상상을 이제 꺼내보아라
창조된 존재가 너를 증명하리라